清风徐来——王孟奇 题签

尚雅丛书
【马健培卷】

清风徐来

马健培 著

华藝出版社
HUA YI PUBLISHING HOUSE

马健培

1959年生于北京。做过中学教师、荣宝斋编辑、拍卖公司主管。北京师范学院中文系毕业，又进修于中国艺术研究院"中国画名家研修班"。曾参与发起中国新文人画展。现为北京华观文化发展有限公司艺术总监。

《尚雅丛书》总序

辛　旗

　　中国人之尚雅，由来已久，究其根源，实为历史之悠远，文化之厚重，礼仪之纷繁，名号之细微。尚雅更见诸于上古典章及先贤著述。

　　在中华古代经典中，《诗经》的内容被分为"风"、"雅"、"颂"，虽然历代对"风"、"雅"、"颂"的区分众说纷纭，莫衷一是，但大致可以类推："风"是地域乡土之音，"雅"是朝廷乐正之音，"颂"是宗庙祭祀之音。奠定中国抒情美学基础的《毛诗序》进一步将其引伸为六种文艺手法："古诗有六义焉：一曰风，二曰赋，三曰比，四曰兴，五曰雅，六曰颂"。其中对"雅"的解释是："雅者，正也。"

　　战国时期著名的思想家荀子在《荣辱》一篇中提到"君子安雅"，后人注："正而有美德者谓之雅。"《史记》里面所说的"文章尔雅"，也是"正"的意思；《风俗通·声音》更是在"正"的解释之外，加了一个字，成为"古正"，更见"古雅"之意。

　　以古文字学《说文解字》方式探究"雅"字，当从"佳"、从鸟，"牙"为发音之形声。"雅"自然寓意鸟之鸣声，这是人类最先听到自然界生物的"音乐"，是始声、初声、正声。于是，我们尽可以在中国的典籍之中找出大量的词组：雅道、雅音、雅学、雅言、雅意、雅操、雅量、雅人深致等等。这些关乎"雅"的组词，就是要阐明中华文化之正、文艺之正、文学之正、人文之正。

显而易见，从《诗经》一直到晚清历朝历代的文艺家及其不朽之作，无不在"雅"的大旗下各逞文采，纵骋笔意，不论"周虽旧邦"，抑或"其命惟新"；不管是"江上清风"，还是"山间明月"，都浸濡着中国文化人骨子里的雅兴！也正是因为有这份雅兴，中华文艺才有了她的庄严美丽！

　　近代以来，新文化运动的倡导者张扬"民主、科学"，倡导白话文学，弘扬大众文艺，于是二千多年的"尚雅"风范与"封建主义"因启蒙运动的文化偏激，一道被弃之如敝屐，"阳春白雪"的雅道几乎被"下里巴人"的通俗文艺取代。"经济至上"之风乍起后，通俗文艺迅速滑向庸俗文艺、媚俗文艺、低俗文艺。对时代决定的新文化运动所取得的成就无可厚非，但是将中华传统中最重要的"尚雅"之道视为腐朽没落，却未免轻率。"雅"之对面，是为"俗"，"俗"之大行于道，何有"雅"安身立命之所？全民皆俗之时，也正是有伤大雅之日，何谈民族文化复兴？

　　持续33年的改革开放已经给我们的生活带来了翻天覆地的变化，21世纪已过古称"一纪"的十二年，中国的"文化自觉"与"文化自信"，正在昂扬向上，沛然莫之能御，现在是反思曾经被抛弃的中华优秀传统文化之时了！物质的极大丰富不应仅仅满足世俗的口腹之欲、食色之性，更应滋养、扶植、襄助、共创高尚典雅文化，提振一个民族的精神境界。

　　从《诗经》问世到现在已逾二千五百年，"雅"曾经是中华文艺里最崇高的理想，而今，"雅"仍然应该成为中华民族生活中文化、文明标识的重要构成部分。"尚雅"丛书之编辑，微言大义，用心良苦，冀望读者心有尚慕，同此雅好。是为序。

2012年7月

作者为中华文化发展促进会副会长
北京大学客座教授　清华大学国际传播中心特约研究员

目　录

兰若山高处，烟霞嶂几重
——马健培的文与画

刘　墨

　　健培兄的文与画结集，叫《清风徐来》，是因为画在扇子上，而文是由于画生发而出的，所以就先说说扇子吧。

　　明人文震亨《长物志·器具》专门记扇子的制作道："川中蜀府，制以进御，有金铰藤骨，面薄如轻绢者，最为贵重。"又曰："姑苏最重书画扇，其骨以白竹、棕竹、乌木、紫白檀、湘妃、眉绿等为之，间有用牙及玳瑁者。有圆头、直根绦环、结子、板板花诸式。素白金面，购求名笔图写，佳者价绝高。其匠作则有李昭、李赞、马勋、蒋三、柳玉台、沈少楼诸人，皆高手也。纸敝墨渝，不堪怀袖，别装卷册以供玩，相沿既久，习以成风，至称为姑苏人事，然实俗制，不如川扇适用耳。"这里所讲的"川扇"与"吴扇"，大抵是属于文震亨的时代，一重实用，一重书画。身为艺术家的文氏，反倒更注重于实用的蜀扇，一定有重远轻近的心理作怪吧。

　　以扇面的形式作书作画，不必搜寻史料，记忆中就会涌上书圣王羲之曾经为老媪书扇这一故事，据说一位老大娘的扇子不好卖，王羲之在上面写了一些字，老太太一开始还抱怨王羲之无缘无故地弄脏了她的扇子，但令她意想不到的却是扇子卖出了好价钱，老太太又拿了许多空白扇子让王羲之题字，王只是厚道地笑了笑而已。无独有偶，他的儿子王献之也有《为桓温书并画乌牸驳牛扇》的文献记载，足以证明扇面书画所具有的悠久历史与深厚的文化底蕴。其间各种轶事佳话，不绝如缕。

还有小时候背的很熟的一首杜牧的诗说："银烛秋光冷画屏，轻罗小扇扑流萤。"短短十四个字，就呈现了一幅有着许多故事的画面，有如电影的生展流动。那扇面上，也应该是画了亭台楼阁，或者花鸟虫鱼。唐诗人张祜《赋得福州白竹扇子》更是充满了浪漫的情味："金泥小扇谩多情，未胜南工巧织成。藤缕雪光缠柄滑，篾铺银薄露花轻。清风坐向罗衫起，明月看从玉手生。犹赖早时君不弃，每怜初作合欢名。"可能就是从此之后，扇子不仅可以用来拂暑，同时也更多了一层象征意味。比如唐伯虎《秋风纨扇图》画了一美女在秋暮天凉时还拿着一柄扇子，以比喻"世人谁不逐炎凉"的人间冷暖；我还记得《清诗别裁集》的第一篇就录了钱谦益的一首长诗，诗中借团扇诉说了一生无以言表的际遇。

这些不必翻检文献就可以记得的扇面故事，已经很有趣了，而如果再稍费一些翻检的工夫，比如清人王廷鼎《杖扇新录》一书所记录的扇子之历史与传说（收入邓实、黄宾虹编《美术丛书》之中），失落于诗中的扇面世界，一定会让我们更加流连低徊。同时我可以肯定的是，我们无论如何也不会从空调中找到这么多的故事，不管它是什么牌子的以及有多大马力！

折扇上留下的书画实物，也要数故宫博物院收藏的宣德帝朱瞻基（1398—1435）创作于宣德二年（1427）所画大折扇或上海博物馆所藏谢缙（1369—1415）《汀树钓船图》为最早。我们今天所看到的，也是以"吴门派"的沈周、文徵明、唐寅、仇英等人留在扇面上的书画为多，至于清以及晚近，就更不用说了。

不过，还是历史记载中的一些史料更有意味。邓椿《画继》特别记述："政和间，徽宗每有画扇，则六宫诸邸竞皆临仿一样，或至数百本。"徽宗赵佶治国无方，艺术却是高手，现存《枇杷山鸟图》代表了宋代画扇的成就——也不难想像，正是在徽宗的亲自带动下，其流风是如何广被远近的了！这也可以理解为什么最高超的宋画艺术有相当一部分都创作于扇面之上的了。

南宋的书画扇，基本是作于团扇或类似于它的变形之上。团扇又称"纨扇"、"宫扇"，因它形似圆月，且宫中多用之。后来的制作者又别出心裁，乃有长圆、扁圆、梅花、葵花、海棠等样式，因而团扇也多见于女人之手，我想，这大抵会比较有效地成为遮挡她们的害羞或掩面而泣之物。

明代以后，折扇成为书画创作的主要形制，折扇也名"折叠扇"，又名"聚头扇"，收则折叠，用则撒开，出入怀袖，再加上精雕细琢的扇骨的优美的诗画，竟成为文人雅士的必备之物。比如说泥金、冷金、洒金、片金、色纸、银笺等，虽说既绮丽又素雅，但要想在它们上面落墨和设色，却都有一定的难度，明代大书家祝允明就曾经把在扇面上作画比做美女于瓦砾上跳舞，一般的书画家，岂敢随意渲染？

只是从 20 世纪下半叶以来，一把大蒲扇似乎更合乎"人民性"。

曾经被嗤为封建余孽的文人画以及相伴的东西，现在又慢慢地回到人们的生活中了。在"西化"与"新潮"之外，"本土"与"古典"更适合一些人的喜好，比如健培兄，亦是如此。虽然我感叹过，现实中国可能用当代艺术、先锋艺术、实验艺术、行为艺术诸种形式更能体现出它的"怪诞"，而国画必须将一切来自于俗尘的东西排除掉才会为世人所瞩目，像健培这样毫无烟火气地画着崇山远岫、溪涧翠柏，除了几个会心人之外，实在不知道他的知音会有多少，这也难怪他时时将文笔延展到民国前。

我这样说，正是因为国画本来就有"知音"难觅一说，就如伯牙与子期一样，一照面、一握手、一个念，都是通的，不需要任何多余的语言。想健培兄扇面上的高山流水，暗地里也必织了这样的编码。反过来看，这种难得的宁静，在喧嚣的当代艺术圈中，散发出的正是一种来自传统的墨香。

健培兄的画，似乎得自于龚贤为多，但又不是，难得的是在朝市嘈杂中一种宁静的心情，墨研清露，笔走彩笺，刷刷点点间，匠心独具，笔随意转，化有限为无限，画意与诗情交织在一起，无不体现可贵而孤诣的艺术苦心。我向来认为，中国书画的背后乃是中国文化，中国文化的精义，存在与价值、心智与物象、知识与行动、人心与人性、人性与天道，无不在哲思与艺境中两相浃化，一体不分。没有哲思，中国文化的精义则无法落实于点线之内；而没有艺术，中国文化也将陷于干枯，失去生命的润泽与情思的灵动。

无疑，艺术是人的生命的投射，它把我们生命中的伟大与渺小都包含在内。但艺术家之所以优秀与否，就在于他是否能够区分出什么是伟大什么是渺小，而且这会成为他的艺术追求的一种动力。他必须将这种追求牢牢地树立在自己的内心之上，锻炼自己的力量，体认世界无穷无尽的美，建立自信，去看这世界，去表达这世界，因而我相信艺术正是表达这种认识并得到最终的自由与快乐。为此，它甚至可以成为一种信仰。

西方艺术分"新旧"，中国艺术分"雅俗"。在西方人眼里，"新"的要代替"旧"的；在中国人眼里，"雅"的超过"俗"的，虽然近百年来尤其是近十年来，中国文化的价值一直被向下"拉"，甚至平面化、碎片化、零星化、庸俗化，但这并不代表着"俗艳"就是这个时代的特色，而且，延续了千余年的道德文章，并非是一朝一夕就能被打倒的。真的好画好文章，必是他的人、他的心比他的文章比他的画还要好，如果他的人他的心不及他的画与文，那文章与画虽然好看，其实只是浮花浪蕊，并不曾直接明心见性，更不能尚雅乐道了。健培兄书中诸文，以及他的绘画方面的表现，无不历历在目，不必我多饶舌。

我与健培兄的交往是比较晚的，但这并不妨碍我们之间的沟通与理解。一次我拿着小相机坐在他的边上，看着他与别人对话，眼睛里充满着质疑，我顺手一拍，给他看，他竟然觉得这种犀利的目光并不属于他，因而很不好意思地用手将脸捂住，我也顺便将此拍了下来，于是我觉得，健培兄本来是犀利的，只是他觉得这样藏起来会好一些。可是，我不能不让他有些失望地说，这种锋芒是藏不住的，收在此书中的文字，已经将他"出卖"了，而我的镜头，不过是将这一刹那永恒化了而已。

是为序。

2012 年 6 月　端午

作者为北京大学历史文化资源研究所研究员

明月清风我

搧扇子凉快，画扇子也凉快。入夏以来，行有余画了些团扇。青山绿水，云壑松风，飞瀑闲云，危崖草甸，择木之良禽，齐天之红蝠，什么舒心画什么。心静自然凉，画着画着仿佛真的身临其境了，窗外的喧嚣，以至于工地的嘈杂，似乎都不存在了。画完了，自我欣赏一番，自我陶醉一会儿。搧一下，山风徐徐；再搧一下，流水潺潺；苍松翠竹上的露水，和着谷底丝丝的凉气扑面而来，怎么会热呢？

再闲下来，看点闲书，逮着什么看什么。清世宗胤禛前居藩邸时，集录了《悦心集》，在御制序文中说："昔朗禅师以书招永嘉禅师山居，师答曰：'未识道而先居山者，但见其山不见其道。未居山而先识道者，但见其道必忘其山。见道志山者，人间亦寂也。见山忘道者，山中乃喧也。'旨哉斯言，知此义者，始可与读《悦心集》。"悦不悦，闲不闲，都是自个的追求。求一分，就有一分；享用一分，就得到一分。苏轼说："闲倚交床，庾公楼外峰千朵。与谁同坐？明月清风我。"苏先生闲来瞥了一眼窗外的月亮，写出一句好诗，道出一段闲情，也唤起了人们对闲情的向往。

始知真放本精微

　　苏东坡看到吴道子给汝州龙兴寺画的壁画后,联想到当时颓废的画坛,由衷地感慨:"始知真放本精微。"七个字,道出了绘画艺术的真谛。齐白石曾说:"昔觉写真古画颇多失实。山野草虫,余每每熟视细观之,深不以古人之轻描淡写为然。"看齐白石老人画,不论工笔或写意,都感觉出老人细腻的情感。每一虫、每一叶、每一山、每一树、每一石、每一水、每一鸟、每一鱼都透出生命的鲜活。不多情哪来的感?没有感哪能写出意?大画家、大诗人,哪个不是多情善感?情感丰富,悲天悯人,有同情心,所见即有所感,咏物抒怀,俯拾即是。平庸之辈则视而不见,麻木不仁,无心无情,不为所动,亦不能动人。苏东坡说:"多情应笑我,早生华发。"艺术家就应当是个多情种子。齐白石最佩服的画家徐青藤,不只是个大画家,更是大诗人、大作家。徐渭才华横溢,能写剧,能写诗词,还能写赋;能作序文、表、启、疏、论、寿文、跋、辨、说、赞、记、碑文、墓表、传、榜联,甚至灯谜、酒牌引子。徐渭的诗可谓题材、体裁丰富,所见即有所感,即有所咏,甚至鸡声、蛙声、蝇声、蚊声,不止一而再,还要再而三地慨叹。在《七律·蛙声》序中说:"埳井之蛙,盛谈其井中之乐,以矜东海之鳖,出庄子。公冶长被缧,再得鸟言而始雪。晋书佛图澄问塔铃,自言国有大丧亡,而石勒果死。此诗谓鸟能言则蛙鸣必是言矣。且铃无情,与虫鸟异,尚能言,今蛙有言,可忽之而若聋若瞆耶?但无佛图澄之聪听耳,戏咏也。"若见徐渭画蛙,能不感动吗?徐渭在《肖甫诗序》中说:"古人之诗本乎情。"有情即有心,有心即有所得,有心才能致精微。徐渭能看出水瓶中的扶桑"嫣然有笑语意,岂亦怜老人之衰眊耶?"精微一词,不应只解作描摹细致、笔墨讲究,重要的是心细而情切啊。

不顾俗眼

沈德潜在杜甫《奉先刘少府新画山水障歌》后,写道:"惊风雨泣鬼神意,写来怪怪奇奇,不顾俗眼。"

不顾俗眼,听起来似乎有点要脱离群众,跟时下提倡的"雅俗共赏"要背道而驰了。一时期以来,总不愿承认雅俗之分,总把雅俗拉到一块儿,用"雅俗共赏"来弥合,其结果是把高雅的拉下来就和低俗的。过去说"文人雅士",或饱读诗书,或通古今之变,其擅长爱好即诗词歌赋、琴棋书画,并以穷究文理、画理为职为荣。苏轼曾说:"余尝攻画,以为人、禽、宫室、器用皆有常形,至于山石竹木、水波烟云,虽无常形,而有常理。常形之失,人皆知之,常理之不当,虽晓画者有不知。故凡可以欺世盗名者,必托于无常形者也。虽然常形之失止于所失,而不能病其全;若常理之不当,则举废矣。以形之无常是以其理不可不谨也。世之工人,或能曲尽其形,而至于其理,非高人逸才不能辨。"苏东坡虽然有些自夸,说自己是高人逸才,但说明一个简单的问题,他从事的研究不是一般人、更不是一般大众所关注和能懂的,就连一般画画的,都有所不知。东坡所说"世之工人",虽不在"高人逸才"之列,但也没有贬低劳动人民的意思。

雅俗怎能共赏呢?雅的能看上俗的吗?俗的能看懂雅的吗?"雅俗共赏"之雅俗,是把欣赏的人分为二部分,一为雅人,一为俗人。一般来说,雅人是小众的,俗人是大众的。俗,原本没有贬义,就是指大众的。这样的提法,不但没有消除分歧,反而混淆了各自的位置,也扼杀了进步繁荣

的因素。想让雅俗齐聚一堂，共同赞美一样东西，似乎是"拉郎配"吧？如果说雅的是精英的，俗的是普通的，雅俗共赏不成了精英混迹于普通了吗？如果说俗人都能欣赏的东西，雅人也随大溜儿地说好，这不是文化的倒退吗？如果一幅画的作者说自己的作品是雅俗共赏，一定是谦虚。如果有人说他的画是雅俗共赏，他一定不以为是表扬。

雅俗也是可以共赏的。雅俗，不要指人，现如今说谁是俗人谁都不高兴。雅俗是指事、指物，雅的就是文化含量高的；俗的就是民间实用的。雅的就是经典的；俗的就是时下流行的。赏，是人赏，人什么都可以赏。这样，雅俗共赏的意思就成了一个人雅的能赏，俗的也能赏。例如老舍先生，公认的大作家，同时还是大鉴赏家，曾出题"蛙声十里出山泉"，请齐白石老人作画，由此产生了不朽的名作。白石老人的画是大写意的又一个高峰。老人曾冒着饿死京华的极大风险，衰年变法，一定不是为了随大溜儿的吧。能得到文化精英如陈师曾、如老舍、如徐悲鸿的赞赏，老人一定非常高兴。白石老人自视极高，曾说"恨古人不见我，不恨时人不知我耳。"老舍先生与"时贤"往还的同时，还喜欢去天桥听戏，结识了天桥的名角新凤霞。据舒乙讲，腊月二十三老舍先生生日，他曾到后台请新凤霞吃糖瓜，为原本不知道生辰的新凤霞过生日。老舍先生还曾为天桥的相声演员改编相声段子，像《菜单子》、《地理图》、《文章汇》等。老舍与侯宝林的关系也是相当地好啊。

京戏，被称之为国萃，现如今被称之为高雅艺术，其实早年间就是"大众艺术"。京戏的发展，一直有文人的介入帮忙。听戏的文化层次高，提的要求就高。戏迷的口味高，演戏的水平就高。戏迷是什么人都有，也有普通百姓。迷上京戏的，称之为有"雅好"，社会风气还是"尚雅"的！有雅好的普通人上戏园子听戏不是容易事儿，攒钱就为了雅赏，绝不是为了流俗。戏迷是有极高的鉴赏水平的，在品戏这件事上，也已经不俗了吧?也许有些赏雅的人把京戏当成俗的,而以昆曲为更雅观呢。相对京戏的场面热闹、节奏紧凑,昆曲更婉转,更细腻,唱词也更典雅。

明式家具也是国萃,据说其中有比例的美、空间分割的美,连外国人都佩服的不得了。王世襄先生是鉴赏研究明式家具的大专家。王老先生不但喜爱明式家具,也喜欢老百姓的玩意,养鸽子,熬鹰,喜欢养鸣虫,喜欢遛狗捉獾。这不是雅的、俗的共赏了吗?当然,也有赏俗的而不赏雅的,这也好,亲近生活,质朴。也有赏雅的而不赏俗的,这也好,阳春白雪,清高。能雅俗共赏,最好,虚怀若谷啊。

沈德潜说的"俗眼"似是指不懂诗的,不能理解老杜的。"不顾俗眼"是艺术的追求,"不顾俗眼"艺术才能进步。艺术进步,才能带动文化的大繁荣大发展。

又:沈德潜在《唐诗别裁集》白居易下注:"外间妪解之说,不可为据。"可见白香山的诗也不是征求老太太们的意见之后才定稿的。

明代的徐渭在《题自书一枝堂帖》中说:"高书不入俗眼,入俗眼者必非高书。然此言亦可与知者道,难与俗人言也。"

神与枣兮如瓜，虎卖杏兮收谷

美景，美到极致往往就说"人间仙境"。"完全仙境"不行，跟人没关系了，人也不能理解，更是画不出来，诗人也写不出来。让人写画不是人的境界，确实很难为人。

唐朝王维有一首《送友人归山歌》，就写了"人间仙境"，生活方式完全是常人的，可以说是质朴的农民式的，住草屋，有清泉松林，屋前院子里散养着鸡，屋后山头上放着牛，只是远离红尘，高高地到了云中。景色优美，环境清雅，"悦石上兮流泉，与松间兮草屋。入云中兮养鸡，上山头兮抱犊。"王维觉得这么美的景致，一定有神仙在此："神与枣兮如瓜，虎卖杏兮收谷。"在这里，吃的枣，是神仙给的，跟瓜一样大小。山中出产的杏，也不用货币交换，而是你给一盒谷子换回一盒杏，没人监督，全凭自觉。但是即便是到了仙境也有爱占点小便宜的人，经常少给谷子，多拿杏。山中的老虎看不过去了，出来吼叫驱赶。仙境就是不一般吧？人不管人，而由兽管。人给人好脸，人对人信任，还是不能百分百地换来理解。脸皮厚的占便宜，脸皮薄的会觉得不公。清高的懒得管，神仙自有神仙事，不爱打盹儿的山君出来吼两嗓子也就是吓唬吓唬呗。不独是王维写得这样境界，元结也曾写过人与动物和谐相处的诗句："湖上有水鸟，见人不飞鸣。谷口有山兽，往往随人行。莫将车马来，令我鸟兽惊。"在元结这儿，来的人是要经过审核的，所谓"干进之客"、"为人厌者"是禁止入内的。

日日是好日

有我则失真

清朝人范玑有句论画的话："有我则失真，无我则成假。"范玑是要说临摹古画，也算是说到了学习的本质。用这句话来说中国画，说山水画的创作，也是可以说得通的。"有我"、"无我"是画家的主观表现，"有我"就一定不是照着画的"那个"了。"无我"就一定不是我要画的"这个"了，哪有"无我"的画呢？只是"我"在画中占的多少罢了。这多少，也就是中国画的传统，传统传下来的，是不能"无"但又不能"全是"。全是"我"，全是"自我"，跟谁玩呢？完全无我，拿什么跟别人玩呢？北宋的郭思在《林泉高致》中说："千里之山不能尽奇，万里之水岂能尽秀。"山水画的取舍是重要的创作手段，有取舍就是"有我"嘛。

山水，对于修行者来说，或是"仁者乐山"，或是"智者乐水"；或是"见山是山"，"见山不是山"。本先禅师说："幽林鸟叫，碧涧鱼跳，云片展张，瀑声呜咽，你等还知如是多景象示你等个入处么？"慧居禅师说："山河大地长时说法，长时放光。地水火风，一一如是。"有个僧人问衡岳南台诚禅师："潭清月现，是何人境界？"师曰："不干你事。"僧曰："相借问又何妨？"师曰："觅潭月不可得。"苏轼说"画以适吾意"，画的时候随兴而作，画完的时候尽兴而已。有我无我，见仁见智吧。

以学之力济其质之偏

读《悲盒胜墨》，见日本富冈桃花盒藏赵之谦大字横幅书法："不读五千卷书者无得入此室。崔鹿署户语，郑盒侍郎命书以粘壁。将励后学，非自标许。之谦记之。"隋朝的崔鹿自以读书为务，曾把这句话写在自家一进门的墙上，来访的当然不能是白丁了。崔家世代为官，数百年，从北周一直做到宋朝，自然知道读书的好处。崔鹿的这句话在读书人的圈子里流传了千年，到了清晚期，又被郑盒先生，也就是潘祖荫，请当时的大书法家赵之谦书写，贴在了潘家的墙上。潘祖荫，号郑盒，官至尚书。赵之谦给他写字的时候，他可能还是侍郎，大约是副部级干部。潘家也是官宦世家，他自己在咸丰、同治、光绪三朝为官；他爷爷曾在乾隆、嘉庆、道光、咸丰四朝为官。潘家是收藏大户，大盂鼎、大克鼎二件国之至宝是其家藏，1951年由潘祖荫的侄孙媳捐献给上海文管会。大克鼎成为上海博物馆的镇馆之宝，大盂鼎成为国家博物馆的重器。上海博物馆的汪馆长活着的时候曾说，老太太看病、住房等问题，上博还给过帮助。潘祖荫想用这句响亮的口号激励后学，奋发图强。但时代终于变了，革命决定了一切，潘家之后代赶上了。流传了一千多年的励志口号，被造成中国最大灾难的日本人收藏了，可能日本的桃花盒看重的是赵之谦的书法，也可能是喜欢中国文化，也可能拿去激励日本的后学了。

关于读书的警句还有一个更加耳熟能详的，"读书破万卷，下笔如有神"。这是唐朝大诗人杜甫的名句，是跟作诗写文有关的。跟画画有关的，也有一句名言，在画画的圈子里挺流行，"读万卷书，行万里路。"这是明

朝大画家董其昌说的。据郭因的《中国绘画美学史稿》分析,董其昌的"读书万卷",不是为了增长知识,"行万里路"也不是师法自然,而只是为了使"胸中脱去尘浊"。清中期的沈宗骞说:"惟能学则咸归于正,不学则日流于偏。"他认为董其昌"天姿秀美柔和,苟任其质,将日流于妍媚之习,而无以自振其气骨。"而通过学习,"以学之力济其质之偏,故能臻此神妙"。"行万里路",不只为写生,与"读万卷书"结合,使"胸中脱去尘浊",才能"聊写胸中逸气"。成为画家容易,成为"学习型"画家而能"脱去尘浊"不容易。

云阵皆山　月光皆水

　　赵之谦有一联,云:"不拘乎山水之形,云阵皆山,月光皆水。有得乎酒诗之意,花酣也酒,鸟笑也诗。"甚得"写意"旨趣。赵㧑叔心有山林之情怀,见阵云如山;心中明澈,见月光泄地如水。古人画山水,有张素纸于败壁,久望则见山峦叠嶂、云烟霞霭。其山水不在败壁,在画家心中。所见所闻,皆与心相关,想看的看得见,不愿意听的充耳无闻。心有多远,山有多幽。心平气和,笔墨自然华滋清雅。内心愤懑,其形往往怪诞而笔墨恶浊。看画赏画,亦如赵之谦观赏云月,云不当云看,阵云如山;月不当月看,月光似水。见山之巍峨,似心之高远;画水之清澈,如冰心玉壶;松之苍翠,以表伟岸华茂,柳之依依,若纤纤之柔情。"写意"是作画之法,赏画之法则需"会意"。

33

迢递嵩高下

　　嵩山，五岳之一，也是中华文明的亮点之一。多少诗人歌咏、赞美、感慨，最有名的当是唐代大诗人王维的《归嵩山作》："清川带长薄，车马去闲闲。流水如有意，暮禽相与还。荒城临古渡，落日满秋山。迢递嵩高下，归来且闭关。"王维在诗、画界名望最高，其诗中有画，其画中有诗，被誉为文人画的鼻祖。《归嵩山作》就是一幅美景，嵩山之溪流有情，嵩山之禽鸟有意，使诗人的归程有伴。王维把嵩山选作归隐之地，当做闭关修行的好地方，不只因为景美，嵩山还能给人禅思。就是这样一个让大诗人、大画家都向往的地方，让王维之后，读过《归嵩山作》都幻想着的地方，到了今天，却因为另一种文化出名了。《中国文化报》2010年5月21日第8版"非遗"专栏载文《从求子祈福、拍手定情到游览消遣——嵩山摸摸会演绎现代浪漫》，郑州市已把摸摸会作为非物质文化遗产，已扩展为广义上的民俗夜庙会，会期人数多达三、四万。摸摸会，是民间为解决妇女不孕而摸黑举办的"配种"活动，哪里谈得上什么定情、什么浪漫？真的三、四万人复习演绎这种"浪漫"，还真成了当代嵩山的一大奇观。

触目会心

　　唐朝和尚景云，曾有《画松》诗："画松一似真松树，且待寻思记得无。曾在天台山上见，石桥南畔第三株。"晚清的郑绩在《梦幻居学画简明》里提出了"触目会心"，不仅是画法，也是诗法。景云和尚入天台，能以松入画，是会心所得。温庭筠见"溪水无情似有情"，也是会心。李白"相看两不厌，只有敬亭山"也是会心。俞陛云说李白的这二句是"以山为喻，言世既与我相遗，惟敬亭山色，我不厌看，山亦爱我。夫青山漠漠无情，焉知憎爱，而言不厌我者，乃太白愤世之深，愿遗世独立，索知音于无情之物也。"陛云先生读太白诗，也是触目会心了。

方便

畅神而已

"闲居理气，拂觞鸣琴，披图幽对，坐究四荒"。"峰岫峣嶷，云林森眇。圣贤映于绝代，万趣融其神思。余复何为哉，畅神而已。"

河南人宗炳在《画山水序》中发明了"畅神"一词，畅神遂成为山水画的追求。神之能畅，并能表达，要有高超合理的表现手法。畅，是痛快的，是尽情的，但不是撒野。所畅者神，是经过澄怀味象之后的升华。再说，能闲居而理气，能品酒而鸣琴，能独坐欣赏山水佳作，能理解圣贤映于绝代、万趣融其神思的人，不用撒野了，也不用制造吓人的张力与冲击力了。齐白石《题画葫芦》说道："涂黄抹绿再三看，岁岁寻常汗满颜。几欲变更终缩手，舍真作怪此生难。"白石老人的大写意是求真之作，不为标新立异以出风头。"畅神"与"冲击力"不是一类东西。要想畅神，还得先有能称其为神的内容。

无它

直待凌云始道高

　　唐人杜荀鹤有咏小松树的诗："自小刺头深草里，而今渐觉出蓬蒿。时人不识凌云木，直待凌云始道高。"小松树，混在草窠子里，谁能料到它的未来？谁能了解它的凌云之志？杜荀鹤看到了小松树的"预期"。陈毅说："要知松高洁，待到雪化时。"陈毅对松树的品质也有预期，雪化没了，方显青松本色。万古之青松，还熬不过一时之冰雪？《藕益大师警训略录》有句说："能受锻炼，便如松柏历岁寒而愈坚，不受则如夏草春花，甫遇风霜，颓靡无似矣。"

鸟倦飞而知还

陶渊明说:"云无心以出岫,鸟倦飞而知还。"这是《归去来兮辞》中的一句,一派自然而然的景象。云无心,可能,鸟倦飞还,也是天性。但飞回来落哪棵树上,一定不是无心。古语说"鸟则择木"、"良禽择木而栖",意思是鸟落在哪棵树上是要选择的,不好的树是不屑栖止的。清朝乾隆时人龚炜在《巢林笔谈》中就记载了"燕翼之祥"的故事。龚炜说,燕子筑巢,是吉祥的象征。有徐交河到周之延家拜访,快到周家门口时,燕子飞来飞去,似是在迎接徐某的到来。到了周家,只见燕子筑巢在周家的门框上,几乎占了一半。周某对此非常厌恶,而徐某倒觉得这很有意思,暗自希望燕子们也在自家筑巢居住。没想到,第二天早晨,周家的燕子就迁到了徐家,在徐某的屋里开始筑巢了。不过三、四天的功夫,燕巢筑成了。过了六、七年,燕子巢将近三尺大,在窗户上方,形状象一只三足的蟾蜍,每年孵出十几只小燕子。自从燕子搬到徐家之后,徐家就相继出了翰林南太史和北太史。后来更是有三人做到了宰相,考取进士的有十余人,到了乾隆朝的一次科考,更是有徐家两人同登进士的佳事。这真是燕子带来的吉祥吗?禽之懂事,还有鸦之反哺之义;兽之懂事,也有羊知跪乳之恩。如若不明是非善恶,不讲慈悲孝顺,岂不是禽兽不如了吗?当然这话说得言重了。《晋书·阮籍传》是这样说的:"杀父,禽兽之类也。杀母,禽兽之不若。"

料青山见我应如是

到了甘南的藏区，看到的大山与中原或东南的大不一样。壮阔，不只是灵秀。荒寒，没有一点儿讨好的表情。想起辛弃疾的名句："我见青山多妩媚，料青山见我应如是。"妩媚一词当然不能概其全貌，但其并不缺少。只是老马特喜欢藏区的山水，也希望藏区的山水能领老马这份儿心情。辛弃疾的这首词最后还有一句："不恨古人吾不见，恨古人，不见吾狂耳。知我者，二三子。"记得近世有位诗人，别人要为他的诗集作注，以便更多人欣赏，诗人说不必注，也不必让很多人都懂，有二、三知音足矣。看来，古今皆不乏如此之人啊。在迭部县城喝茶休息，窗外就是虎头雪山，一杯普洱，满目美景。山，重重叠叠，横看峰峦起伏，连绵不断，变化无穷；竖看危石峭壁、青松丹崖、雪山蓝天，美不胜收。

如意

叶张翠盖，枝盘赤龙

荆浩有《古松赞》：不凋不荣，唯彼贞松。势高而险，屈节以恭。叶张翠盖，枝盘赤龙。下有蔓草，幽阴蒙茸。如何得生，势近云峰。仰其擢干，偃举千重。巍巍溪中，翠晕烟笼。奇枝倒挂，徘徊变通。下接凡木，和而不同。以贵诗赋，君子之风。风清匪歇，幽音凝空。

老马以朱写松干，一不留神，暗合了古法。

松之坚贞

松之不屈，也依赖其皮，其厚其实，抗风霜雨雪，抗打击磕碰，小打小闹，不在话下，不能伤其筋骨。文人雅士，往往以松喻之坚贞。而现如今之文人，处境之艰辛，不光要学松之精神，亦当学松之筋骨皮肉，以抗无端之辱。某医院之干部病房，给干部们测体温，要收一百元押金。说是干部，其实都是教授享受司局级干部待遇。真干部收不收不知道，但享受干部待遇的教授们要被怀疑将体温表窃去，先收百元以防之。以前常听说"中国的脊梁"一词，其实，中国的脊梁古代就是文人，现代就是知识分子。如果知识分子的良知与忧患意识没有泯灭，这个民族就还有脊梁。如果知识分子的尊严、良知与忧患意识都被羞辱殆尽了，不要说民族文明的进步，就是"站直了别趴下"也不容易吧？松树没有了精神内涵，也就只剩下木材与柴火了。

放心

69

松之姿无有不奇

松之奇，多因地势险绝嵯峨。枝干曲屈，多因山风凌厉凛冽。文人喜其远嚣尘而甘清高，餐风饮露，迎朝霞而送夕阳。松之奇崛，可见坎坷而不屈；松之鳞峋，可见其志之坚贞。

松之姿态，无有不奇。尝在西郊宾馆见一古松，粗壮，其阴近乎千米，主干直耸，无一弯折。枝平出，四面均匀。其正、其直、其茂，其端庄、其伟岸如见君子之风。如此正直亦是--奇也。

山水有情

有客问山水画与风景画之别。答曰：

眼前一景，写实记之，可为风景画。

眼前一景，触景生情，寄怀高远，以情写景，骨法用笔，可为山水画。

山水画，完全写实的几乎没有。有专家研究，以为古代"室名别号图"即为实景山水画，其实不然。远的不说，就齐白石画的室名别号图，就没有一幅是实景的，就连他老人家画的自家的借山吟馆，也不是实景，何况古人？"室名别号图"可谓"实名"的山水画之一种，古画中有很多实名的山水，有"匡庐图"，其实离庐山的形貌差得很远。最近特别有名的《富春山居图》也有专家考证是画的哪里，更有专家照像几百幅，也贴成长卷式，以证黄公望是画的实景，都枉费了工夫。又有专家发现，在宋代宫廷绘画中有一种"谍画"，被用在军事上。据说，在南宋出使金国的使团中，潜藏着擅长山水画、人马画的画院画家，他们奉命描绘金国的山川地形和女真人的军事活动。南宋著名画家宇文虚中、萧照、赵伯骕、高士谈、吴激、陈居中即是"谍画"的作者。据说，宇文虚中，因为一些图画，被女真人作为"反具"，以"谋反"之罪处斩了。"谍画"就是"间谍画"，虽貌似山水画，潜伏了一千年，还是被专家侦破了。如今的画院画家无需潜伏画"谍画"了，可以任意抒情，画自个想画的了。

石涛画了松树后，自题道："参差历落，一味不尽人情，偏能令深情者徘徊而不能去。"石涛画的时候，一味不近人情，是不近、不顾无情之人。画完之后，有情之士则与石涛心心相印，所以久视不忍离去。

山水画，不是风景画，更不能是特务绘制的"谍画"。山水画是有情的，于无情处生情，像温庭筠诗句："溪水无情似有情，入山三日得同行。岭头便是分头处，惜别潺湲一夜声。"

泉流峭壁虹蜕挂

　　清人李滢《登五老峰》有句:"泉流峭壁虹蜕挂,石压枯藤虎豹蹲。"老马画山头,有《五不老峰》并作文:有五发小儿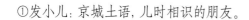八秩而约登山。至顶,相视而笑曰:"小样儿未改也!"旁观者众,皆唏嘘。因山有五峰,或名之曰"五老峰"。五发小儿闻,亟亟言:"吾何老也?吾之心、眼、身、手、脚皆如壮时,四十年后,复聚于此,彼时汝能同来也乎?"五发小儿欢言下山。其后渐传山之名曰"五不老峰"矣。

①发小儿:京城土语,儿时相识的朋友。

东风何时至

东风何时至,已绿湖上山。

湖上春已早,田家日不闲。

沟塍流水处,耒耜平芜间。

薄暮饭牛罢,归来还闭关。

读唐人丘为诗《题农庐舍》,其境仿佛在甘南所见,当然那是一东一西、一古一今的两回事。但那情景,那意蕴真是相似。记得是三月下旬,北京已是春暖花开,但去甘南还是要带上薄棉服,在甲格寺活佛的客厅里,还生着火炉子。草场已返青,成群的牦牛。傍晚时分,牦牛排着队鱼贯回家,不用人赶。在田里干活的农民,用摩托车拉犁耕地,真觉得新鲜。

清人沈德潜编《唐诗别裁集》时,在丘为名下,加了一行小字:"为,嘉兴人。官右遮子。年八十八,母尚无恙,给禄之半以旌异之。"多有意思呀,八十多的老人还有机会叫妈,幸福吧?

医者意也

中医讲"医者意也",其"意"最难琢磨。西医讲科学,有化验、有透视,可谓看得见、摸得着。不是说西医不要水平,反正看中医一定要找高手,不然碰上个所谓结合型的中医,还不如直接看西医。西医的科技普及了,按理,中医应该更进步才是。原来完全凭望闻问切,现在可以望闻问切之后,用西医之化验、透视、西替(CT)、核磁加以验证啊。事实正相反,中医过多依赖西医之科学,大部分丧失了传统的感知能力,而且从理论上逐渐背离。其实,也不能赖中医,是老百姓越来越多地接受、也很容易地接受肾就是腰子、胃就是肚儿这样直接的观念。就像画画儿,大家都以为画得像就是好,写意是写什么意,弄不明白。不要迷信老百姓都知道徐悲鸿画马、齐白石画虾,就以为人民群众都能欣赏写意画。郭德纲说:"齐白石画的白菜好啊,一棵好几十万元啊! 要是老爷子画一新发地(批发市场)那得值多少钱啊?"

中医的好处,在"未病",都"已病"了,看不好,也别赖中医。

水远山长

树头果与树下饭

袁宏道说："长安沙尘中，无日不念荷叶山乔松古木也。因叹人生想念，未有了期。当其在荷叶山，唯以一见京师为快。寂寞之时既想热闹，喧嚣之场亦思闲静。人情大抵皆然。如猴子在树下，则思量树头果；及在树头，则思量树下饭。往往复复，略无停刻，良亦苦矣。"

所谓"寂寞难耐"，也是人之常情。由此可见远嚣尘而寻寂静，散家财而居山林者，也是要有莫大的勇气与决心的。其气魄、其胆识、其毅力，亦堪称"大丈夫"。其回眸冷眼看红尘的神情，比所谓"英雄好汉"的扮像要有内容得多吧？

中国文化近百年来不断与世界接轨，先是接欧轨，后是接美轨。近年来，忽西洋人发现中国文化的独特价值，似以为拯救世界之良药。再重整传统吧，已耽误百年矣，且人才不济了，其学说也大抵是以西洋演绎之。就像现在卖的黄瓜，全是嫁接的，没了小时候吃的黄瓜味儿。今日在超市买菜，发现一新品种曰"有机转换黄瓜"。问售货员何为转换？曰有机黄瓜的田地，从无机的到有机的，要经过三年的转换期，待地里的人工肥料、人工农药自行消耗殆尽了，种出的黄瓜才能正式称为有机的。此转换黄瓜，正在三年转换期。看来，吃口有味的黄瓜，是有望了！也许猴子的进步，正是在上窜下跳中取得的呢。是猴变成的人，还是改不了老毛病嘛。

暑热不出门

天真热，再热也挡不住全国人民向往北京的心，故宫的游客一天有八万啊。小绪是国际导游，带着荷兰人进了午门，直奔三大殿，哪能靠得近？太阳底下都是人，在急忽忽地走；阴凉地儿也都是人，或坐或卧。小绪和这几位"红毛"，不但没看见三大殿，还丢了一个钱包。说是丢，荷兰人怎么会亲自丢呢？一定是小偷报复八国联军认错了人。

常言暑热不出门，介绍一个消暑的办法，看了保管凉快，但做是做不到的："夏不谒客，亦无客至。匪只头巾不设，并衫履而废之。或裸处乱荷之中，妻孥觅之不得，或偃卧长松之下，猿鹤过而不知。洗砚石于飞泉，试茗奴以积雪。欲食瓜而瓜生户外，思啖果而果落树实。可谓极人世之奇闲，擅有生之至乐矣。"见李渔《闲情偶记》。

岭上多白云

南北朝的陶弘景诗《答人》

山中何所有，岭上多白云。
只可自怡悦，不堪持赠君。

陶宏景入山隐居，一无所有，没有一点私财了。眼目前只有白云了，但送人又拿不下来，接收吧又到不了手。岭上之白云，并非谁之所有，谁看见了，就是谁的。这一片云犹如一份心情，送赠别人不行，举头看白云，低头思念君，有了这份心意，就算持赠了吧。

能有心情欣赏山头的白云，那也不是一般的人。陶弘景曾经作官，后挂冠隐居了。梁武帝早年跟他是朋友，即位后招他入朝作官，不干。据说年逾八十而有壮容呢。

宋朝的徐积也有一首诗："先生坐时云满裳，先生卧时云满床。白云终日自来去，若比先生云尚忙。"诗之题《闲仙》。有诗仙，有酒仙，不想还有以闲而能仙者。又有《答白云句》诗："我是白云云是我，自知云我不须分。时人若问山翁意，看取山头一片云。"

不过如此

反常合道

苏轼有句名言:"反常合道为趣"。这句话是评价唐人柳宗元的《渔翁》诗,诗中的名句就是"唉乃一声山水绿"。反常,就是不从俗,诗人的眼光怎能跟众人的眼光一样呢?合道,就是既符合事物的规律,又符合艺术规律,且符合最本质的文化精神。只有拿捏好反常与合道的度,才能创造出"趣"。太平常,一定无趣。太离谱,则匪夷所思了。齐白石也是反常合道,他老人家通俗地解释为"太似媚俗,不似欺世"。

顾随先生说,艺术创作要"闭门造车,出门合辙。"

世外桃源

陶渊明写了《桃花源记》，被后人称之为"世外桃源"。因向往的人多，又能给当地带来丰厚的回报，以致于多个地方抢着说明他们的桃花源就是陶渊明的那一个。发现世外桃源的人，不知是哪里的当地人，此人不够厚道啊！桃花源的人设酒杀鸡，家家招待这外来人，连吃带住好几天。临别，嘱咐说："出去后别跟外人说。"这外来人回到城里，立即向官府报告了。可能是立功心切，有些慌乱，也可能是路上做的标记出了差错，没能找回去。常言："吃人家的嘴短"，这厮一定长了猪嘴，吃了白吃呀！

兼善天下

孔子说：天下有道则见，无道则隐。孟子说：穷则独善其身，达则兼善天下。圣人为隐居、出仕讲得明明白白。到了唐朝，国势强盛，大概GDP之类的记录创了世界历史新高，而文人士大夫们的隐逸观也随之改变——贵贱不隐了。白居易说："大隐住朝市，小隐入丘樊。丘樊太冷落，朝市太嚣喧。不如做中隐，隐在留司官。……人生处一世，其道难两全。贱即苦冻馁，贵则多忧患。唯此中隐士，致身吉且安。穷通与丰约，正在四者间。"您看看，作老百姓吧，不甘清贫；作官员吧，不愿负责任，干脆同流合污一块儿混吧。白居易先生还为此举起了个雅致的名字：中隐。其实，怀此心思的都应是"充隐"。知识分子的责任心随着社会的繁盛是不是逐渐走低了呢？如果穷的独善其身，达的不光善了自个，还能为善天下，那才是一派和谐景观呢。

塘里无鱼虾也奇

　　齐白石五十年代曾画《荷花游虾图》，题诗道："塘里无鱼虾也奇，也知莲叶戏东西。写生我是皮毛客，不厌名声到老低。"陈半丁先生看过此画，说白石老人画虾无数，唯此幅三只半最为生动。白石老人自谦写生皮毛客，看来是有点情绪，或是说给某些人听。就花鸟画那些题材，他老人家从形到神、到意，已琢磨到家了。如果他老人家写生是皮毛客，那后来的连毛都沾不上了吧？

　　白石老人的写生，是传统的方法，不能用洋式的素描来衡量。白石老人的大写意，不是任意一挥而就的，是有写生的功底的。白石老人《题耄耋图》："前年为猫写照，自存之。至己卯悲鸿先生以书求余精品画作，无法为报，只好闭门。越数日，蓄其精神，画或数幅，无一自信者"。又《题芙蓉》："丙辰十月第五日，连朝阴雨，寄萍堂前芙蓉盛开，令移孙折小枝为写照。"《题桂林山》："逢人耻听说荆关，宗派夸能却汗颜。自有心胸甲天下，老夫看熟桂林山。"白石老人应广西提学使汪颂年之邀，是去过广西桂林的。

信手拈来自有神

明朝徐渭，真是个天才，诗文、书画、戏曲无所不能，还懂政治军事。经历坎坷，几次自杀，精神失常，杀妻下狱。郑为在《中国绘画史》中说："比之荷兰画家梵·高，可以说疯态及成就极近似，而潦倒心情则更甚一筹。"徐渭对自己的画很是自信，有诗曰："从来不见梅花谱，信手拈来自有神。不信试看千万朵，东风吹着便成春。"又《附画风竹于箑送子甘题此》："送君不可俗，为君写风竹。君听竹梢声，是风还是哭。若个能描风竹哭，古云画虎难画骨。"

徐渭曾说"吾书第一，诗二，文三，画四。"其书法走笔龙蛇，点划跳跃飞舞，节奏或弛或张，放浪无羁，抑郁忿懑时能见之。徐渭有首诗《予与钟公子（华石）大赌藏钩，钟输，后山茶一斤；予输，写扇十八把》，可见其书法亦为时人所重。老马喜欢徐渭书法，在中国书店购得《徐渭书法精选》，翻遍全书，竟找不到作品的收藏地点，真假亦难信矣。

徐渭的自信，不光在得意时、得意事，就是落魄之时亦不失人格："半身落魄已成翁，独立书斋啸晚风。笔底明珠无处卖，闲抛闲掷野藤中。"就是失意时，亦能心胸旷达，曾作《涉江赋》，其序有言："余年亦三十有二，既落名乡试，涉江东归，友人顾予发曰：'子发白矣。'余诚惧理道无闻而毛发就衰，至于进退之间，实所不论，虽才不逮潘岳，而志或异焉。"

郁郁涧底松

左思有诗句:"郁郁涧底松,离离山上苗。"左思为苍松鸣不平,随风倒的小草,为何能在松树的上面遮蔽住松树的风采?左思以郁郁涧底松起兴,借咏史发发牢骚。

近读《北京美术史》,中有徐悲鸿评王悦之语:"此乃作者最近所趋向之格,高出法国时新派多多,国人舍家鸡而爱野鹜,若欲在马蒂斯前顶礼者,何不对此下跪。平心而论,高出马作多多也。"徐悲鸿为王悦之鸣不平了!徐悲鸿是法国学成归国,自然对法国的东西有见识,对马蒂斯的评论,也比没去过原产地的许多人有资格。

"舍家鸡而爱野鹜"似是近代以来的一贯毛病。若是野鹜,还算好的。比之野鹜简直就是垃圾的洋把戏,也不乏有人引进。

114

忘乎所以

在水另一方

有售书者见甘老案头笔墨纸砚齐备,求写"在水一方"四字,甘老却之不得,挥毫而就。售书者持字说,我朋友刚才羡慕不已,也想求您写一幅。甘老问写什么?答曰随您写吧。甘老又挥毫,写出五个大字:"在水另一方"。"在水一方"出自《诗经》,原诗的一段是:

蒹葭苍苍,白露为霜。

所谓伊人,在水一方。

溯洄从之,道阻且长。

溯游从之,宛在水中央。

伊人在水一方,看得见,得不到。这意境就是追求,就是向往。画画儿、看画儿,也是个追求,也是个向往,都是手心里的东西,还有多大的意思?甘老知道是给两个人写,各有各的"伊人",放在一方不合适。放在另一方,各追各的吧。

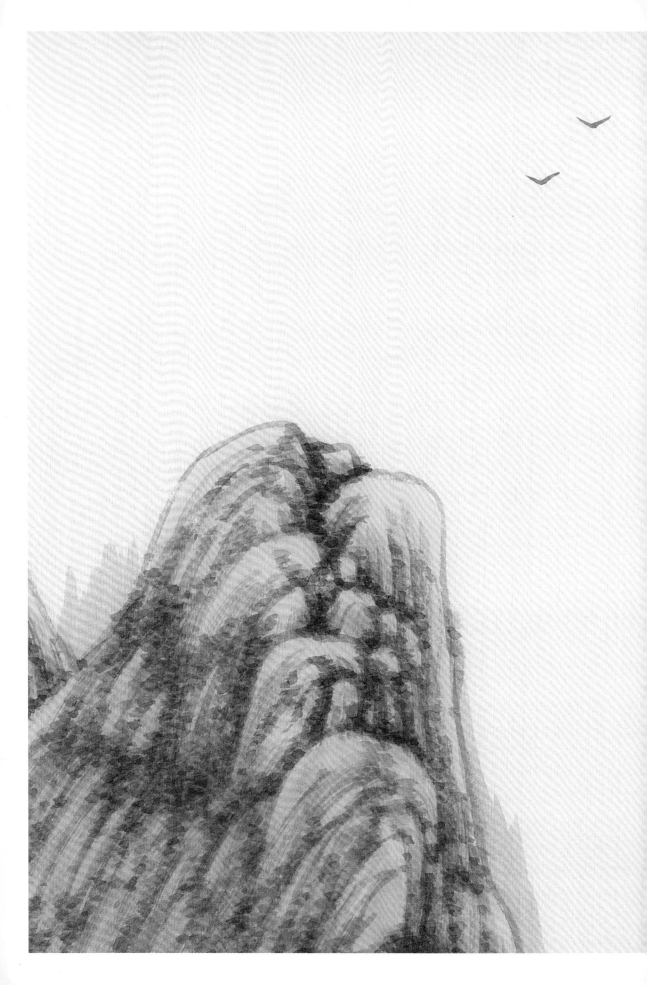

不畏浮云遮望眼

前年，在且庐办了个小画展，出了本画册。请二刚老师写了一篇小文，名之曰《老马的山头》。文章多有鼓励，老马能看出其鞭策之意。二刚说："……让人看，让人猜，让人思考。我料老马一定会在'山头'之外，更为奇峰，不妨刮目相看。忽冒出王安石的诗句：'不畏浮云遮望眼，只因身在最高层'。浮云下面红尘滚滚，多少山水画家的平庸之作已看得发腻。老马的'山头'，像给我们午梦中洒来一片凉水，真爽。"

今年，在喜神画廊又办了一个小画展。上午看李主任吃窝头当零食，老马说也爱吃。女王（画廊有二王，一男王、一女王。）当即到食堂买了十个刚出锅的。老马给钱，女王不要，说这点东西不值一提。老马过意不去，给十块二十块，抵不过女王一片心意啊！中午回家取了一张小画，回来跟女王说："我拿一个山头换您十个窝头吧？您别嫌少。"女王大惊，说这也太严重了，转身又冲到食堂给老马买了五个贴饼子。

无事小神仙

俗话说："人生尽受福，人苦不知足。思量事累苦，闲着便是福。"周邦彦说："此时情绪此时天，无事小神仙。"苏东坡说："无事此静坐，一日是两日。若活七十年，便是百四十。"邵雍说："静处乾坤大，闲中日月长。"现如今，哪一个不是睁开眼就忙？就连踏青旅游，也是忙得一天赶几个景点。游山玩水，不悠闲，就是白去。看古人山水，若看不出闲味，便是白看。若看不出从容，也算没看太懂。

新淦制笔

中国画讲究笔墨，说的是画面上的线条与墨韵。但笔墨二字，原指绘画的工具，就是毛笔与墨锭。没有好的笔、墨，哪能有宣纸上的笔墨呢？用好的笔、墨，是有道理的，但附庸风雅，不懂装懂，尽闹笑话。

唐朝时，一个在京的官员被任命为刺史，临行前，宰相说："你管辖的新淦，以制笔出名，到了任上，给我制几管来。"刺史上任后，召集制笔高手，问谁能担此重任。一个老者应命了。干了近百天，做出二管。刺史特快专递，送到宰相府。宰相一看，大为不满，申诉道："怎么做得又慢又少呢？"上手一试，认为恶劣之极，绝对不能用！大怒！对送笔的说："数千里，劳动这许多人，就寄来这二管恶笔吗？"刺史闻听，非常惧怕，要治老者的罪。老者恳求说："刺史大人您别着急，我做的笔是欧阳询、褚遂良等用的。请您把宰相大人的书法让我看一眼，然后再制。如果宰相大人还不满意，我甘愿受罚。"刺史请出宰相墨宝，老者一看就笑了，说："就这样子呀，只要做三十个大钱一管的笔就行了。"没用几天，就献上了五十管。又特快专递到宰相府，相爷一试，大喜！让多多赏赐制笔的。

新淦是古地名，新淦县，秦时就有，是江西省十八古县之一。1957年，国务院因淦字生僻，改为干，现名新干县。查新干特产，已无制笔之项了。

孤帆远影

那远去的一片帆，带去的是什么？为什么走到了天际线，却永远不会在视线中消失？看到遮住视线的白云，也会想到"浮云游子意"，看到夕阳的余晖，也能体会"落日故人情"。即使夜晚，也要让月亮转达那份惦记，"我寄愁心与明月，随君直到夜郎西"。这离别的痛苦，这不能割舍的情怀，有多深？有多长？有多重？请君试问东流水吧，别意与之谁短长！

132

松芝献寿

　　长寿，人人都希望，幸福的人更是如此，大富大贵亦寿考。常言道："寿比南山。"南山我去过一座，就在青州，山崖之上确有数丈大的寿字，又高又大，被漆上了红漆，很是耀眼。"福如东海"，当然青州离海也不远。寿，在"五福"之中排第一，说明寿在福中的重要地位。然而，对于长寿的人来说，什么是福呢？广西有个闻名海内外的长寿村，小冯同学是广西人，听得懂当地的话，问村口的一位长寿老奶奶："早晨吃什么？""吃粥。""晚上吃的什么呀？""吃粥。""您每天都干什么呀？""等死。"

　　以松芝喻长寿，一是松龄可逾千年，二是松树不畏艰险，挺拔健康；灵芝为瑞草，有吉祥的象征，其朵象如意形，如意就是心想事成噢。

不许时人

　　白石老人的画，没有当时的流弊，也不为时人同行理解。白石老人说："山外楼台云外峰，匠家千古此雷同。卅年删尽雷同法，赢得同侪骂此翁。""四百年来画山水者，余独喜玄宰、阿长，其余虽有千岩万壑，余尝以匠家目之。时流不誉余画，余亦不许时人。"时人、时流，就是一时而已。读清人吴庆坻《焦廊脞录》载左宗棠家书："近来时事日坏，都由人才不佳。人才之少，由于专心做时下科名之学者多，留心本源之学者少。且人生精力有限，尽用之科名之学，到一旦大事当前，心神耗尽，胆气薄弱，反不如乡里粗才，尚能集事，尚有担当。试看近时人才，有一从八股出身者否？八股愈做得入格，人才愈见庸下。此我阅历有得之言，非好骂时下自命为文人学士者也。"

　　齐白石就是湘潭乡下走出来的，比之其时的名流，确有担当。曾在华辰拍卖会上看到齐白石与一日本画家合作之画，题曰："中华齐白石添画，如何？"

如听万壑松

蜀僧抱绿绮，西下峨眉峰。

为我一挥手，如听万壑松。

客心洗流水，余响入霜钟。

不觉碧山暮，秋云暗几重。

李白听蜀僧濬弹琴，写下了这气势磅礴的诗。李白会不会弹琴，不知道，但一定是一位知音。孔夫子讲作人要学"六艺"，音乐的修养，也是之一。后来的文人，讲求"琴、棋、书、画"。现如今，要找"四项全能"的文人，那真是罕见了。再后来，画家自许为文人，最难的"琴、棋"两项，被置换为"诗、印、"，讲求"诗、书、画、印"了。齐白石老人曾说他的诗第一，思路也还是靠文人边儿的。再后来，又减了一项，成了"诗、书、画"了。再后来，又减了一项，成为"书、画"双绝。其实书、画都称得上好的，也是罕见。"书、画"本是一家，以后不再减了，再减就真成双绝了！

老马不懂琴，更不会弹琴。有机会受邀，去"如是山房"听了一回。如山是韩国人，北京大学哲学系博士，留校任教，且是出家人，在琴馆教授古琴。远道而来的二位美国琴人，一是唐先生，据说弹琴35年，不知其年岁，似乎60开外。一位是河流先生，年轻，约30多岁。还有一位北京的制琴师王鹏先生。四位演奏，风格不同。唐很古雅，河流略显冷峻，王有些华丽，如山法师有儒者风范。河流还会"呼麦"，博得最多掌声，大鼻子洋人竟会玩在中国快绝种的玩意儿。琴馆为旧平房，但颇高大，内无装修，

极朴实。没有吊顶，大概是给琴声留着绕梁。出琴馆就是北二环，车水马龙，人行摩肩。刚才还听着渔樵问答、醉渔晚唱、李陵思汉，还有老唐连弹带唱的凤求凰。出琴馆门，有点恍惚，仿佛隔世，不敢送朋友，独自踉跄回家了。

迎祥纳福

雨后空山，兀立苍松，以朱砂画松干，更显铁骨铮铮。枝侧出，似迎客至。一红蝠翩然而降，似应主人之意。祥瑞之兆，心想而能事成。过去，讲究人家，春节时在屋里要贴"春条"，小红纸条，写上吉利话，贴在各处。窗户上贴"迎新纳福"，门框上贴"出门见喜"。吉庆充盈，诸恶自然不得入也。

洪福齐天

做个有福之人，可是不简单。洪福齐天，虽然有点儿夸张，但作为对别人的祝福，真是再好不过了。福气大得都顶到天了，也不过五个内容，也就是俗话说的五福：一曰寿，二曰富，三曰康宁，四曰攸好德，五曰考终命。五福之中，与生命有关的占了五分之三，寿、康宁、考终命，可见有个好身板儿多么重要。富是保障生活条件。攸好德，是要有修养，通俗地说，是要做个好人，好人有好报呀。五福要都实现，确实不易，而古人还解释了五福排序的道理：人有寿，而后能诸，故寿先之。富者有廪禄也。康宁者无患难也。攸好德乐其道也。考终命者，顺受其正也。以福之急缓为先后。

五福俱全，就等于洪福齐天了吧？祝愿您洪福齐天，五项全能！但仍需您自个努力啊。

容膝

勤而行之

宣州兴福院可勋禅师开法住持，有僧问"如何是道？"师曰："勤而行之。"可勋禅师的这个开释，真是朴素，不像"棒喝"、"吃茶"藏着许多玄机，让人找不到门径。但勤什么？行什么？禅师没有明说，似又是玄机了。师还有一偈："秋江烟岛晴，鸥鹭行行立。不念观世音，争知普门入。"俗语说"书山有路勤为径"，"勤而行之"也是参禅悟道之法呢。看到此条灯录下的现代译注，窃以为不甚妥，欲重注。喝茶的功夫，又读了一条：洞山行脚时会一官人，曰："三祖信心铭，弟子拟注。"洞山曰："才有是非，纷然失心。作么生注。"法眼和尚代云："恁么即弟子不注也。"茶喝完了，重注的念头也打消了。

"勤而行之"，老马最适合，走得慢，咱可以起得早，顿悟不成，渐修嘛，勤能补拙。

鹊巢和尚

道林禅师过秦望山，见有高大的松树枝叶繁茂，盘屈如盖，于是就把安歇的地方选在了树上。当地人看着新鲜，就叫道林为鸟窠禅师。过了不久，有喜鹊在鸟窠禅师旁边搭了窝，作起了邻居。禅师与喜鹊相熟，可以时常逗着喜鹊玩。当地人又给禅师起了名字，叫鹊巢和尚。此景多入画啊。

白居易其时在杭州作官，就去拜谒鸟窠禅师。白居易对禅师说："您住的地方太危险了。"禅师说："您住的地方更危险啊。"白居易说："我作地方官，有什么危险？"禅师说："木柴跟火放在一起，心性浮躁不停，还不危险吗？"白居易又问如何是佛法大意，禅师说："诸恶莫作，众善奉行。"白居易说："三岁的孩子也知道这么说。"禅师说："三岁的孩子虽然会说，但八十岁的老人也不一定能做到。"

道理，说着简单，真做起来不容易。画理也是，说的头头是道的，而画得满不是那么回事，常见。

鸟窠禅师的开示，也是因才施教。一天，会通和尚向禅师辞行，禅师问："你要去什么地方呀？"会通说："我是为求佛法而出家的，在您身边也得不到教诲，我现在要到别的地方访学佛法了。"禅师说："如果是找佛法，我这儿也许有一点儿。"会通说："您的佛法是什么？"禅师从身上择下一根布毛，吹了一下。会通一见，当下领悟了。

平沙落雁

朋友赠《刘少椿古琴艺术纪念专集》，先生1901年生，正值110周年诞辰。唐健垣先生在纪念文章中说："刘少椿氏，祖父辈拥资巨万，房舍连云。弱冠习书画、昆曲、武术，而最究心于琴，得广陵孙绍陶之真传。父殁后，少椿氏疏财仗义，不善营商。值世变，遂家道中落。陋巷蓬庐，箪食瓢饮，典当以度日，晏如也。抚琴养性，世无知者而自得其乐，其旷达如此。"听刘先生的《平沙落雁》曲，印象最深的就是平和，并且沉静，并且淡远。琴声中，全不知处于何世。听刘先生琴，绝想不到刘先生的坎坷身世。作平沙落雁图，记其所感，并抄书以备：原操为唐人陈子昂所作，盖取秋高气爽，风静沙平，云程万里，天际飞鸣。借鸿鹄之远志，写逸士之心胸者也。后之学者遂互相唱和，分律变调。操数种，而音调皆同，唯独此操气疏韵长。通体节奏，凡三起三落。初弹似鸿雁来宾，极云霄之缥缈，序雁行以和鸣，倏隐倏显，若往若来。其欲落也，回环顾盼，空际盘旋。其将落也，息声斜掠，绕洲三匝。其既落也，此呼彼应，三五成群，飞鸣宿食，得所适情，子母随而雌雄让，亦能品焉。

一往情深

文质彬彬

文质彬彬，形容一个人文雅而有礼貌的样子。这个常用词，现在也不太常用了，因为符合这个样子的越来越难找了。不仅如此，这个古老的词汇，还大有行将作废的趋势，因为文质彬彬很少用作"选美"的标准了。提出文质彬彬的，是孔夫子，他说："质胜文则野，文胜质则史。文质彬彬，然后君子。"中国书店1986年据世界书局1936年版影印《四书读本》的解释：质，朴实也。野，言如野人的鄙略也。文，漂亮也。史，管文书的人，亦即史官，这时史官的记载，以有辞采而漂亮为贵也。彬彬，有文有质，不像野人的鄙略，也不像史官的记载，过尚辞采而近乎浮夸。孔子说，一个人，太朴实过头，则像了野人。太漂亮过头，则像了史官的记载。必定要有文有质，两不过头，然后始为君子也。文，也可以理解为外表的。外表过分了，有些夸张，确实让人看了不顺眼。明朝的钟惺曾说："文章代不乏人，宁有所谓雕龙者耶？然而太高伤理，太巧伤事，太娇揉伤自然，太藻饰伤本体。求其如五家言之浅而深，平而奇，华而实，各有合于圣人之旨者，盖难之矣。"其实文艺、美术都存在文与质关系的问题。有什么样的质，就有什么样的文，质与文的关系要像生长出来一样自然。老虎有虎纹，豹子有豹纹，什么皮子就长什么毛。清代的王士禛，学问好，诗也好。曾有人说他"獭祭之工太多，性灵反为书卷所掩，故而雅有余，而莽苍之气遒折之力往往不及古人。老杜之悲壮沉郁，每在乱头粗服中也。"王应之曰："是则然也。然独不曰欢娱难工，愁苦翼好，安能使处太平之盛者，强作无病呻吟乎？愚未尝随众誉，亦非敢随众毁也。"王士禛清醒，

既没跟李白、杜甫同事过，也没必要硬撑着假装沉郁顿挫，或豪情万丈，说些离自个很远的唐朝语调。

老马喜欢《四书读本》，因为在序言中有段话说得好："通俗之讲师更难求。所谓通俗者，非其学理肤浅，见识平庸之谓。能即理而求其证，即事而为之喻。理或深入，言则浅出。人人能懂得而却非人人能道得。不背圣贤立言之旨，而各有自得之妙。"读到《论语·雍也》得"质胜文"一段，回想上边这段话，觉得真是"文质彬彬"啊。

圣人就是圣人，说出一个词，可以指导作人，也可以指导文艺创作。读万卷书，不如就读圣贤书吧。据楼宇烈先生讲，段正元先生曾说过"读书万卷不如知道一言，著书千册不如实行一事。"段先生是道德实验家，自然境界又高出一格，提出了"知行合--"的要求。

足下千山

春风得意

　　一说"春风得意"，往往想到踌躇满志得以实现的喜悦样子。踌躇之志，各式各样，孰高孰低，也不全凭话说得大小。孔夫子同四位学生坐在一起闲聊，前三位都说了各自治国安邦的宏愿，夫子并不以为然。曾皙正弹着琴，夫子说："该你说说了。"曾皙说："我恐怕跟他们三位的想法不一样啊。"夫子说："没关系，只是各自说说自己的志趣嘛。"曾皙说："我想，到了暮春时节，穿着做好的春服跟一帮青少年到沂水中沐浴，然后到高台上享受春风的吹拂。回家的时候，边走边吟着诗。"夫子感叹了一声，说："我跟曾皙的想法一样。"

登山有道

"登山有道，徐行则不困，措足于实地则不危。"司马光先生到了嵩山寺没写景，没写情，写了一个道理。凡登山者都应明白，并都有此体会吧。说它有道理，有意思，不独于登山。做事，作学问不也是同理吗？徐行，不急不燥，才能至高至远。脚踏实地，勤学苦练，有真才实学，才能名符其实。就如齐白石老人，在法源寺羯磨寮与人聊天，忽见地上砖纹有磨石印之石浆，其白色，正似鸟形，忙就地下勾描，并存其稿。故宫博物院老专家郑珉中先生1946年到故宫工作，1947年负责检查故宫开放路线的卫生工作，也就是"查卫生的"。郑先生对这份工作非常满足，他曾说："我每天检查卫生要到开放的五路走两趟，我就抓紧这个条件学习业务。宫殿说明是我必读的，陈列室是我每天必看的处所。我把每天路线上的卫生检查工作，变成必修的业务学习，真是见所未见，大开眼界，大长知识，大学业务。"郑先生作"卫生检查员"的时候，就知道了自己的"业务"，就有了登山的准备，并遵循了登山的道理。不然哪有今天的成就呢？

天国的钥匙

偶尔翻了一下三联出版的《解码西方名画》，其中《圣子与圣徒们》的解读文字有这么一句："彼得一如既往，总是带着通往天国的钥匙。"洋教的天国，真别样，可以出来进去，并且上了门锁，还配了钥匙。即使升了天，没拿到钥匙，也进不了乐园。好像到了长城饭店，只能在大门口溜达，进不了总统套。中国的天国随意得多，不但自己去了，家属随行外，鸡狗都跟着沾光，肯定用不着钥匙。

中西文化的差异，不是随着"国际化"就能消减的，反而随着了解的越多，觉得差距越大。有些个"国际化"的东西，其实也并非先进文化，有些变态的、暴力的、抽疯似的艺术，其实不美，简直就是无美可言，而这种东西还被当作"国际化"的象征，堂而皇之地登堂入室了。社会的弊病，一定会在艺术层面有所反映。内毒炽盛，长出的疥疮、毒瘤，非要当美欣赏，这社会的畸形可见一斑了。

惊世工程

路过鼓楼西大街，因为建地铁，原本单向二车道，变成了一车道，混乱拥堵。无意间瞥了一眼工地的围墙，花里胡哨的宣传画，还有两行字："筑惊世工程，树百年丰碑"。一个地下铁道，还要惊世？什么样儿才能惊世？浮躁之风都刮到地下了! 忽悠吧。

有黄山的朋友来，一起聊天，得知黄山题材，不大有人画了。渐江、梅清、石涛之后，还有刘海粟、董寿平、李可染经常以黄山为题借景抒情。黄山云海依旧，黄山奇松依然，为何不画了呢？或曰画黄山不易得奖。奖之不得，职称不能上进。职称之不上进，画价不能上进，且画之不能"天价"，而画家不能惊世。当代中青年的画儿，动辄上百上千万元，更有过亿元者，"惊世"不仅在工程，也在文艺创作。不独在绘画，也在电影、戏剧，花数亿元的制作，也看不出好儿来。

东华门的和谐

参观故宫的人太多了，原先不开放的东华门也让游客出来了。这下可好，东华门一下子热闹起来了。原来只有一个维族人在东南边卖核桃糖，这几天，大概认识的老乡都来了，足有二十多人。卖水的，东华门两边，一边一个，每人一个塑料凳，放上一箱水。隔着铁栏杆，就是站岗的武警，阳伞下，二位警员悠然地看着杆子外边。再往里一点就是门卫，三四个人，在屋里该干什么干什么，东华门外的街景好像熟视无睹了。有车出入，二位卖水的就把凳子向南北各让一步，车子一离开，马上挪回来，就留下二三人的过道。正对着门口，是卖哈密瓜的，一块一块摆好，串上竹签，现切现卖，大刀上下挥舞，叫声不断。维族人就够热闹了，还有十几个汉族人，马路中间卖瓜皮帽的，游人间穿行推销纪念品的，也繁忙得很。天太热，加上各种口音方言的叫卖声，走在磕磕绊绊的客流中，游客的眼神似乎很茫然，应接不暇了。马路边停着执勤的大警车，旁边停着拉黑活的出租车，各自聊着待着，相安无事。

东华门往东不远，就是灯市口，早年间，一到正月十五，各式花灯就摆满整条街。正月十五闹花灯嘛，灯会期间，也是人山人海、摩肩接踵，争相赏灯看热闹。最热闹的时候，皇上、娘娘、格格们也从东华门出来，与民同乐。现如今，哪用等到正月十五呀，东华门夜市，天天灯火辉煌不夜天！

后 记

在海洋兄办公室聊天，有薛晓源先生在座。说到老马的团扇要出个集子，起个什么名字呢？薛先生想了一会儿，说："清风徐来，最好，"感谢薛晓源先生。

华艺出版社石永奇社长和杜长风主任，力倡"尚雅乐道"，把老马的作品列入其丛书，并亲临指导。感谢永奇先生、长风先生及出版社的诸位同志。

王孟奇老师对老马多有鼓励，今又冒着暑热题写书名。感谢孟奇老师。

海洋兄是老朋友，为此书精心策划，当然要感谢。只是说出来，又怕海洋兄以为见外。

刘墨先生，熟识后简称刘博士，其实是博士后。刘博士的学问远不止山水画这点事儿。百忙之中，洋洋洒洒数千言。感谢刘墨先生。

还要感谢图版摄影邵康庄先生、徐楠女士和设计师苗洁女士。

古人题画山水扇云："一揽山川掌握中，人间何处不清风。"老马消夏画扇，寄情山川。文、画仍学步，不免贻笑，望方家指教，以期进步。

马健培

2012 年 6 月 20 日记

图书在版编目（CIP）数据

尚雅丛书. 马健培卷 / 马健培著.
—— 北京 ：华艺出版社，2012.8
ISBN 978-7-80252-364-7

Ⅰ. ①尚
Ⅱ. ①马
Ⅲ. ①文艺－作品综合集－中国－当代
Ⅳ. ①I217.2

中国版本图书馆CIP数据核字(2012)第193223号

【尚雅丛书·马健培 卷】 清风徐来

著　　者	马健培	
题　　签	王孟奇	

出 版 人	石永奇	
策　　划	杜长风	
统　　筹	申　煊	
责任编辑	宋福江	
设计指导	海　洋	
设计制作	锦绣东方	
图版摄影	邵康庄　徐　楠	

出版发行	华艺出版社
地　　址	北京市海淀区北四环中路229号海泰大厦10层
邮政编码	100191
电　　话	010－82885151
网　　址	www.huayicbs.com
印　　刷	北京方嘉彩色印刷有限责任公司
开　　本	787×1092毫米　1/16
印　　张	12.5
版　　次	2012年9月北京第1版
印　　次	2012年9月北京第1次印刷
书　　号	978-7-80252-364-7
定　　价	78.00元

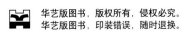